愛と家事

太田明日香

創元社

愛と家事

太田明日香

わたしの家族、家族になれなかった人、家族だった人たち

装丁・組版　堀口努（underson）
イラスト　fuuyanm

愛と家事　目次

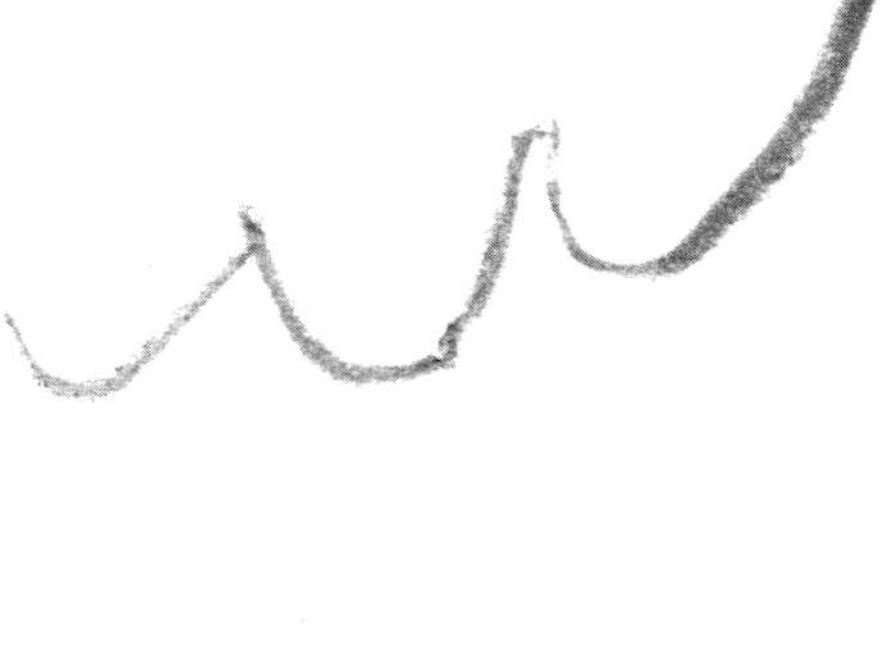

失敗

家族をつくることに失敗した。
二〇代のとき、一回り以上年の離れた人と結婚し、二年足らずで離婚した。そのことはわたしの心を重くした。わたしは家族というものを、愛情でつながれた関係のことだと思っていた。だから、結婚に失敗したということは、人を愛したり愛されたりすることに失敗したのだと思った。愛に失敗したなんて、人として何かが欠けているようで受け入れたくなかった。

多くの人がそうであるように、わたしは愛をいいものと信じて疑わなかった。だが実際はどうだったのだろうか。わたしの母の愛は海のように深く、その愛で溺れそうになったことが何度もあった。母はわたしがもういらないと言っても愛を注ぎ続けた。元夫はわたしが愛でだめにした。お金、仕事、親との関係、すべてを許さなくてはと思い自分が無理だと思うことまで受け入れたらどんどんだめになっていった。もうこれ以上ないくらい、愛していた人もいた。けれど、愛していてもずっと一緒にいられないことに疲れた。

愛のもろさに恐ろしくなった。元夫から暴力を受けたとき、たった一度の暴力で、わたしは自分がすこしも愛されていなかったことに気づいた。わたしの愛はまたたくまに空っぽになった。愛には収支があるのだ。一方的なものだとどちらかが疲れたり、誰かをだめにしたり苦しくさせる。無限ではないから与え続けることは不可能だし、かといって受け身で受け取り続けると負債がたまった。愛はコントロールしないと人を傷つけると知った。

家族を愛でつながれた関係、と見てしまうとまた同じ失敗を犯してしまいそうで怖い。愛という言葉では人の気持ちや行動を縛ることはできない。家族だからといって愛を理由に何でも踏み込んでいいわけではない。こんどは愛という言葉に甘えないようにしたい。わたしとあたらしい家族の間に血と愛以外の何かでつながれるものがあるとしたらなんだろう。それを生活の中で見つけていきたい。

わたしの故郷

　その集落は川をさかのぼった源流に近い山の中にある。家が七軒、うち二軒は完全な空き家だ。谷間にある集落を川が縫《ぬ》うように流れていて、その周囲にぽつんぽつんと家がある。

　訪れる人はほとんどおらず、郵便配達のほかは週に一回、漁師が漁村から山を越えて軽トラで魚を売りにきた。山の向こうは海で、晴れた日にはときどき船の汽笛のような音が聞こえた。

　春には山桜が一斉に咲いて、夏には川沿いに蛍が飛んだ。秋には実った稲穂が黄金《こがね》色に輝いた。冬には猟師が猪や鹿を捕りにきて、冬晴れの日には乾いた鉄砲の音が山によく響いた。

正確にいつ頃から人が住んでいるのかは、明らかではない。古いもので、江戸時代後期の墓石がいくつか見られる。冗談まじりに、平家の落人《おちうど》部落と言う人もいる。

昭和三〇年代頃までは炭焼きをする人が多かった。電気やガスが普及して炭の需要が減ると、食えなくなって何人かが山を降りた。さらには貯水池を作ることになり、予定地に住んでいた人たちも別の土地をもらって、山を降りた。残ったのが、六軒だった。

こんな小さな集落でも、人の記憶に残るような出来事がいくつかあった。最初に空き家になったのは集落の入り口に近い家だった。三〇年近く前のことだ。そこに住んでいたのは都会的な雰囲気の、品の良い老婦人で、人形だったか貼り絵だったかを作るのが上手で、よく公民館に飾られていた。このあたりにしては珍しい鉄筋コンクリートのうちで、高台にある家の庭は段々畑のようになっていて、そこに梅や桃が植えてあった。よく手入れされたきれいな庭だったが、人がいなくなると、みるみるうちに荒れた。

それから、二五年ほど前に、集落のさらに奥に九州から炭焼き職人の一家が越して来て家を建てて、しばらく炭を焼いていたことがあった。しかし、一八年ほど前にその家に悲劇があり、彼らの故郷へと戻っていった。

またある一軒は借金か何かが原因で、急に集落を出た。その後外国に住んでいるという噂が立った。時折帰ってきているようだが、定かではない。炭焼き職人の一家の事件も集落を離れた人の話も、わたしがうちを出たあとに起こったことで、家族からの伝聞である。

わたしの母はその集落のいちばん奥にあるうちで昭和三一年に生まれ、一八年そこで育ち、西宮の看護学校に行ったあと、戻って来た。二五歳のときに一つ年下のいとこである父と昭和五六年にお見合い結婚し、子どもを二人産んだ。おじは、昭和二二年に生まれた。お産の事故の後遺症で口がきけない。実の母は死んだ。一度もよそで暮らしたことがなく、ずっとうちにいる。うちの農作業の手伝いのほか近所の鉄工所や炭焼きの手伝い、新聞配達に行ってお金を稼いだりしていた。

こんなにも小さな集落なのに、意外によそ者が多い。父のほかに、わたしの祖父母でさえもそうだった。祖父は大正一二年生まれ。小学校を出たあと呉服屋に丁稚《でっち》に出された。父が見せてくれた軍歴によると、昭和一七年に海軍に入り、海軍工機学校、潜水学校を経て、終戦の年には潜水艦に乗っていたとある。祖父からは中学を出ていないので海軍の学校では勉強についていけなかったと聞いた。復員後、うちに、婿養子《むこようし》として入った。

祖母は昭和二年に生まれ、昭和三〇年頃に祖父の後添いとしてこの集落に嫁いできた。昔気質《かたぎ》で自分のことをむやみに話さなかった祖母の経歴の詳細はよく知らない。

毎年お盆に、うちの墓にお参りにくるおばあさんがいた。祖父の前妻の妹だ。その人が来ると、祖母も祖父も借りてきた猫のようにおとなしくなった。

何かしら引け目のようなものが、あったのかもしれなかった。

わたしがものごころついたときよりはるか以前に、その集落にはたそがれが訪れていた。わたしが過ごした一八年は、最後に至る途中の時期だったのだろうか。母が子どものときに体験した祭りはすでになく、子どものいるのはうちだけで、あとは老境にさしかかった人がほとんどだった。

この六軒というのはおそらく集落をぎりぎり維持できる程度の労働力だったのだろう。草刈りや道の清掃などを、日曜日ごとに集まって行ってはいたが、それもわたしが集落を出る頃にはなくなっていた。

わたしがうちを出る前後から気候のおかしな年が増え、水害が増えた。山の姿も集落の姿も子どものころとは様変わりした。それまでは見ることのなかった猪や鹿が、昼間でもだんだんと集落に降りてくるようになった。青々と茂る草はほぼ食べ尽くされ、あぜ道には鹿が嫌うナルトサワギクばかりが目立つようになった。反比例するように、水田を囲う柵は年々大仰《おおぎょう》になっていった。祖父が積んだ石垣は水害で崩れ、修理されずそのままの箇所が増えた。

今この集落に残るのは、四世帯八人、そのうち五人が六五歳以上である。

遠くに行きたい

もうずっとお母さんのことが重い

ずっとそうだった

特に一〇代の終わりから
他の家の人よりかまいすぎだと思う
やめてほしいことをやめてくれない
とにかく物をあげたがる
いらないものをくれる
自分で決めたい、考えたいと言っているのに

横からいろいろ言ってきて
わたしが自分の頭で考える時間をくれない
待ってくれない
わたしが決めたことに対して何か言う
でも、その何かは、お母さんの理解できる何か
「こうなってほしい」何かで
わたしの意見をくんだ何かじゃない
何かしようとするときに
頼んでないのに勝手にお金をくれようとする
それはありがたいことのはずなんだけど
でも、ありがたいと思わされて
受け取ることでお母さんの意見も取り入れないといけない
気分になって素直に受け取れない
そのせいで全然楽しくない

いつもやりとげなければいけないという義務感と
恩を返さなければという気持ちにさせられる
いつも行く手をはばまれているような気がする

わたしが遠くへ行こうとするたび
アドバイス、心配、お金、形を変えて
より強い引力で引き止めようとする
そのせいで出て行こうとすると、強烈な罪悪感に襲われ
そして結局何もできない
罪悪感は依存に変わって
わたしもそこから逃れることに不安を感じる
なんで他のうちの子みたいにもっと放っておいてくれないのか
失敗したとき、間違った選択をしたと思ったとき
時間をくれなかったから、いらない口をはさむからと責めると

決めたのはわたしじゃないかと言われる
それは正論だ
決めたのはわたしで
決められなかったのも、　間違った選択をしたのも
わたしの弱さのせいだ
でも、家族を引き合いに出して、あの田舎の小さな家に
わたしの気持ちを縛り付けようとするのはずるいと思う

だから、わたしはどんどん遠くに行きたい
どんどん遠くに行かないと
お母さんはわたしが別の人間だとわからない
例えば、わたしは子どもが好きじゃないこと
例えば、家族とか血のつながりみたいなものが
いちばん尊い価値観だと思ってないこと

それをわかってほしい
でも、お母さんにはたぶん理解できない
理解できないから、勝手な理屈で納得しようとする
できないならわからないと放置すればいいのに
お母さんは勝手な理屈で自分のわかる世界に
わたしを押しとどめようとする
だから、お母さんと会うときは
お母さんが理解できるわたしを演じないといけなくて
それが息苦しい

もっとどんどん遠くに行きたい
お母さんの声の届かないところまで
そうしないと、わたしはいつまでたってもほんとの気持ちが
わからないままだ

お母さんの声の届くところにいると
いつまでもお母さんの価値観に押さえつけられてしまう
お母さんの価値観というのは
お母さんの中にあるだけじゃない
わたしを育んだお母さんを育んだ
故郷のあの小さい島の規範の中にあるやつと同じだ
女は黙ってろとか若いやつは黙ってろとか親戚付き合いが大事
とか家とか墓とか田んぼとかを大事にしろとか
ああいうことを言われるたび
わたしは怒りで体中が沸騰しそうになる
間違ったことを言っていなくても
わたしが選んだものではない性
わたしが選んだものではない生まれた場所
わたしが選んだものではない生まれた時代

それをたてに黙らされ、主張が押さえつけられるのは理不尽だ
その理不尽さに頭も沸騰して黙れと叫び出したくなる
黙らないのはわかっているから
全部捨ててどんどん遠くに行きたくなる

お母さんの声がいつまでも頭の中で響いて
何も決められなかった
お母さんの引力に引っ張られて負けていた
負けたのは、自分が責められたくなくて
その場で納得したふりをする浅はかさがあったせいだ
罪悪感に飲み込まれる弱さがあったせいだ
恩知らずや薄情と言われたくないずるさがあったせいだ

だから、お母さんの声をふりきった人や

お母さんの声を元から気にしなくていいような人や
強さをもっている人がうらやましくなって
今度はその嫉妬に飲み込まれそうになる
そうやって、人の声に飲み込まれ
自分のほんとうに欲しいものをつかみ取れない
弱いわたしだった

いつまでも自分の中の弱さに負けていたくない

だから、わたしはどんどん遠くに行きたい
お母さんの声の届かないところに行きたい
懇願も感傷も罪悪感も全部振り切って
どんどん遠くに行きたい

遠くに行かないと、わたしはわたしの人生を生きられない
わたしは、わたしの人生を、自分の手の中にしっかりと握って
どんどん遠くに行ったその先で
今度はわたしの声を響かせたい

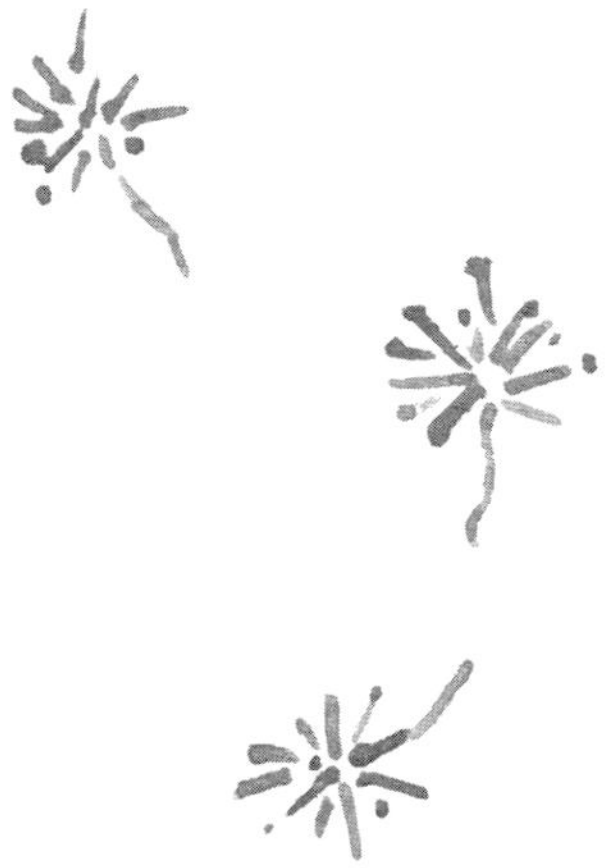

母のようには生きられない

思えば母は人の世話ばかりをしている。わたしと弟が幼いころは子どもの世話、それに加えてまだ祖父母が生きていたころは身体の弱い祖母の看病、週一回の病院の送り迎え、祖父が倒れてからは在宅介護、それに障害のあるおじの世話。祖母を看取ったのも祖父を看取ったのも母だった。二人とも最期は自宅だった。

祖母の死は急だった。ふとんを干していたら転倒し、骨折した。心臓病があり、ふだんから慎重だった祖母にしては珍しいことだった。実家は高台にあって、その前が坂道になっている。その脇に駐車場や農作業用に使っているちょっとした庭のような広場がある。祖母がその日はなぜかそこに布団を干した。そこで転倒し、骨折したのだった。その数日後に亡くなった。原因は不明だ。打ち所が悪かったのかもしれない。発見者は母だった。食事を部屋に持っていったら息がなかったそうだ。おば曰く「自分の母親に人工呼吸までして」も、祖母は息を吹き返さなかった。祖父は肺気腫で酸素吸入器なくては生活できなくなってから、出歩く範囲がじょじょに狭まり、一度自宅で倒れてからはほぼ居間でテレビを見ているような生活で、何かというと「早く死にたい」と言うようになってしまった。最後は老衰で、母はその場に立ち会っていた。看護師だったとはいえ実の両親を看取るのはどんな気持ちだったか。

そういう母の姿を見ながら母は家族の犠牲になっていると、わたしは子どものころから思えてしょうがなかった。自分のしたいことを思い切りしたいという気持ちがある一方で、そういう生き方をすることに罪悪感もあった。

就職して何年か経ったころ、おじが病気で入院したことがあった。何ができるわけでもなかったが、母の支えにならなければと、年に一回か二回帰ればいい方だった実家に帰った。なぜかそのときは義務のように、帰って母の話を聞かなければと思ったのだった。見舞いの帰り、病院の近くにある喫茶店に寄った。祖父母が聞けば「ぜいたくして」と目を三角にしただろう。何を話したかはほとんど覚えていない。「子どものころから兄ちゃんの存在がうっとうしいと思ったこともある」と母は泣いていた。「異母兄弟ということも心のつかえだった」。わたしはずっと母に聞きたかったことがあった。「わたしはずっとお母さんは家の犠牲になっていると思っていた」そう言うと、母は「そんなことはない、そんなことはない」と否定し「家族が好きで、自分が好きでめんどうみている」と言った。それが本心だろうということはわかった。母はいい意味でも悪い意味でも裏表がなく、子どもがそのまま大人になったようなところがある人間だ。

母にとっては家族に愛を注いで家族のために何かするのは、当たり前の行為だった。そして母はわたしと自分を無意識に重ねて、わたしにも自分と同じくらい家族への愛があると思っていたと、今では思う。「親思い」「家族思い」「やさしい」母がわたしを形容するときには、そんな言葉がよく口から出た。祖父母のめんどうをみるのはもっぱら母だったが、話し相手や精神的慰安はもっぱら孫の役目だった。帰ると「お母さんの言い方がきつうての う」と言う、祖父のグチを聞くのだ。そういうのが少しずつ積み重なり、ことあるごとに帰省しろという母の言葉がだんだん重くなってきた。

母は、親という支えるものを失ったあと、だんだん子どもっぽくなってきた。「家のことをしろ」「遊んでばあおって」と口やかましい祖母の存在がなくなり、倹約と労働が美徳だった祖父も亡くなると、家は荒れ出した。酔っぱらってお風呂に入らず寝たり、ゴミ屋敷のような両親の部屋から、入りきらなくなった荷物がほかの部屋へ侵食し出し、そこにたたまれない洗濯物が積み上がるようになった。今までのたががはずれたようになった母を見るのはいらだった。

母がなぜあれほど家族に尽くしていたのかわからなかった。けどあるときこう思った。もしかしたら母は最後まで祖父母の子どもで、自分の親から自立して親としてわたしと向き合っていたわけではないかもしれないと。ものすごくきつい言い方をしたら、母は気づいてないだけで、自分の親から愛されたいだしに、子どもを利用していたんじゃないかと。

親子関係の解釈なんていくらでもしようがある。でも、子どものころのことを思い返せば、いつまでも親と自分の関係を中心にして、子どもの気持ちをほったらかしにしていると感じることが何度もあった。親孝行したいのはお母さんだ。

子どものころ、いてほしいときに仕事や家の都合で甘えさせてくれず、わたしが自立したいときにはいつまでも子どものままにしてかまってこようとする。そんな母の矛盾に気づいたとき、わたしは子どものころ、ほんとうは誰にも気兼ねせずに母に甘えたかったと思っていたことを思い出した。家の状況がそれを許さなかった。それにもう済んだことだ。終わった子ども時代を取り返すことはできない。

長じてからは、母がものやお金をくれるたび、母に何かしてもらうたび、だんだんと母のことが重くなってきた。ほしい時にほしいことをしてくれなかった恨み節ばかりに目が行って、感謝というものをする気になれなかった。恩知らず、そういうふうに思われていたのかもしれない。

でも、母の好意を素直に受け取るのは重すぎた。これを受け取ったらまた負債が増える。母に何かを返さなければいけなくなる。わたしはもう、母の解釈の中にある自分を演じるのには、疲れてしまっていたのだった。母の犠牲（と母は言わないが）を思えば表だって反発することはためらわれたが、もう限界だ。わたしは母のように家族に無条件に愛を注ぐことなんてできない。

母が自分に都合のいいわたしの姿を見る分だけ苦しくなる。もう母に甘えたいとかそういうことは思わないかわりに、願うことは一つだけだ。

　母に、わたしを自分とは違う個性をもった人間だと認めてほしい。自分が見たくない部分も含めて、わたしを自分とは違う一人の自立した人間だとわかってほしい。薄情と言われたっていい。わたしは母が思うほどに母に対して愛がない。だってわたしは母ではない。わたしは母のようには生きられない。

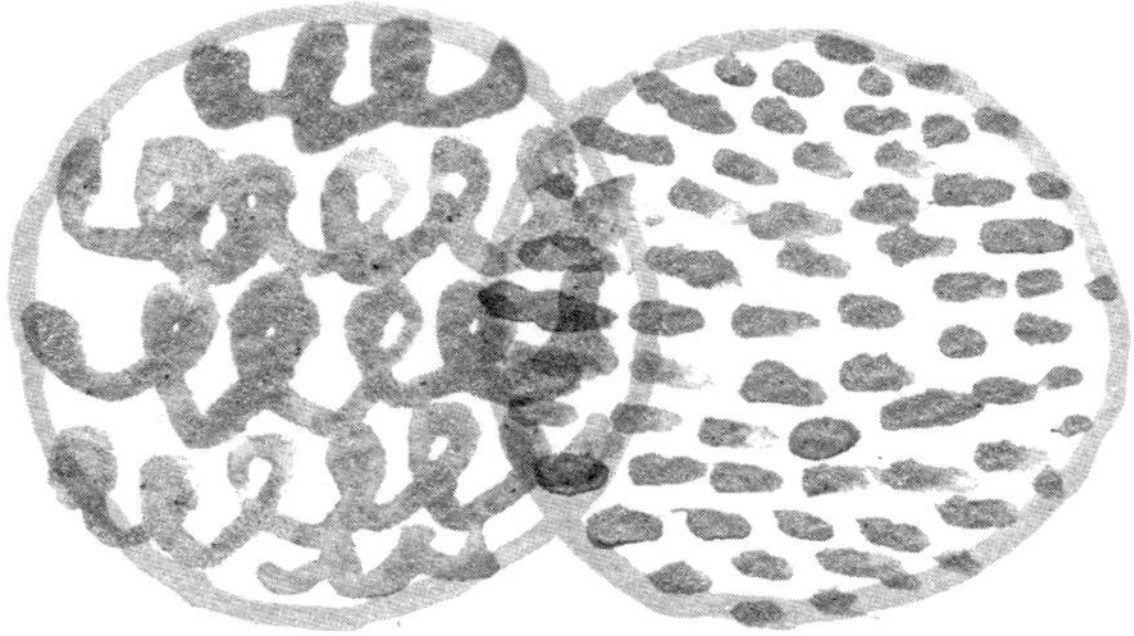

出せない手紙

おかあさんへ

この間は楽しかったですね。無事に帰れてよかったです。

重いものをいろいろ持ってきてくれてありがとう。わたしも、もう少し素直になれたらと思うのですが、お母さんの好意を素直に受け取れないときもあって、意地を張って受け取ろうとせず、悪かったです。

ところで、今まで許そうと思って言わなかったけど、二十代半ばからお母さんに対していくつか根に持っていることがあります。もう済んだことなのでいちいち細かいことは言いませんが、「心配」という名のもとに、わたしの気持ちを聞かないで、わたしの人生に踏み込まれたと思ったことが何回もありました。お母さんはわたしのためと言いましたが、自分が「安心」したいから、自分が理解できる人生を歩ませようとしただけに見えました。

そういうとき、お母さんは「親ばか」という言葉をよく使いました。でもそれはお母さんの気持ちの押しつけではないですか？　お母さんは行動したり口にする前にわたしの気持ちを考えたことはありますか？　わたしの気持ちを考えたら自然と相手の都合を考えようと思いませんか？

わたしもお母さんに期待したり甘えたり無理を言ったりしたこともありましたが、今はなるべくそうしないように気をつけています。水くさいと言うかもしれませんが、それが親離れだと思います。だから、お母さんにも子離れしてほしいと思っています。

お母さんがいつまでも子離れしてくれないと、わたしはそれが負担で、お母さんのことを疎遠にしたくなってしまいます。いつまでもお母さんがわたしのことをかまっていると、わたしが自立できてないみたいで、とても恥ずかしいです。そうしてくれないと、わたしはお母さんといるのがいやになります。意地悪で言っているのではなく、お母さんとも仲良くしたいので言っているのです。どうか、わかってください。

お正月は帰省できなくてごめんなさい。仲良くみんなで過ごしてくださいね。

遅れて来た反抗期

わたしの反抗期は三〇歳で遅れてやって来て、三五歳で終わりにさしかかろうとしている。

1

小学六年生の夏休みにキャンプに行った。そこで蚊に刺されたのが原因で高熱が続き、入院して長期欠席をした。ちょうど反抗期にさしかかっていたころで、自分の周りのすべてにいらついていた。親の送り迎えがなければどこにも行けないような山奥に家があり、どこへ行くにも親と一緒でないといけないことも恥ずかしかった。それが一転、看病する親の姿や心配する祖父母の姿を見て、こんなにされたら、家族に大きな恩があってそれを返さなければいけないという気持ちの方が強くなった。それからはどうしても反抗できなくなった。わたしの反抗期は自然におさまったかのように見えた。

父は末っ子で、会社勤めが長く、人付き合いに長けたところがあった。本当にものわかりがいいというわけではないけど、上から意見を押さえつけるというのは少なく、やり手の営業マンのように相手のプライドをくすぐりながら、うまいことまとめるように話をもっていくのだ。見栄っ張りなのにはときどき閉口したけど、父とは表面上もめることは少なかった。

問題は母だった。家付き娘らしく世間知らずなところのある裏表のない性格で、島の人の気質そのままの、遠慮のないもの言いをする。心配や愛情はいいことで、そのためなら自分の主張を曲げない頑固なところもあった。

子どものころは母が仕事で不在がちで、きつい性格の祖母と家にいることが多かった。祖母は女の子で姉という理由で、弟よりもわたしの方に当たりがきつかった。ころころ変わる祖母の機嫌に左右されるのも、自分のおいという身内ゆえの遠慮のなさから、父の悪口を聞かされるのも悲しかった。

母は子どもとずっとつきっきりでない分、甘いところがあった。祖母に友達の悪口を言われ、「お母さんもおばあちゃんにそんなん言われたわ」と慰めてくれたのも母だった。母娘というよりかは姉妹のような部分もあった。母はいつまでもうちの娘だった。

子どものころは、母のそういう子どもの心のような部分に助けられたところもあった。けど、大きくなるにつれ、その無邪気さがだんだんとうとましく感じられるようになっていった。

母は、島の中で仕事と家と親戚と同級生と、ときどき読むベストセラーとラジオとテレビの中の世界で生きていた。わたしもその世界の中で生きていたときは、問題なかった。でも、わたしが進学のため島を出て、そこにはない世界のことを知るようになったら、だんだんと差が開いていった。

2

反抗期に荒れなかったことは妙なしこりとなっていた。子どものころから、余計なことを言って祖母の機嫌を損ねたくないという態度がくせになっていた。親の言うことに違和感があっても、親の意見に異義を申し立てないで、鵜呑みにしたり、言うことを聞いてしまうようなところもあった。

進学先を決めたときだってそうだった気がする。東京に行きたい気持ちがあったけど、わたしが東京の大学のパンフレットを見ていたら母に「東京行くんか」と泣きそうな声で言われて、「ああ、東京はだめなんだ」と思った。他にも理由はたくさんあったけど、わたしは自分と向き合うことから逃げた。そのことを後になってよく後悔した。今思えば、自分を、家族の中で独立した個人だと思えなかった。それ以上突っ込んで考えることが、そのときはできなかった。血縁ばかりで他人がほとんどいない家族の中で、自分が何をしたいか自覚できないくらい、家族にべったりだったのだろう。

一人暮らしをするようになって、母からは荷物が届くようになった。中に入っているものはそのときどきで違う。段ボール箱にぎっしり詰め込まれた食糧、その隙間にイオンやユニクロで買った肌着や靴下、郵便局や農協でもらった生活用品。ありがたいはずなのに、同時にイライラした。荷物にはたいてい手紙が入っていたが、いつしか見ないで捨てるようになった。肌着はいつからか身に着けることに嫌悪感を覚えるようになった。

そのときに悩んでいることに関する本が入っていることもあった。『日航スチュワーデス──魅力の礼儀作法』とか『人間関係の心理学』とかだ。そういうのも、母の理想の押しつけのように思えて、いつからか読まずに全部古本屋に売るようになった。

一人になりたいのに。荷物を見るたびにお母さんに背後にべったりとくっつかれているような気持ちになった。はがしたいのにはがせない。

けど、金銭的に依存しているし、働きながら家のことをし、介護も看病もしている母に申し訳ない。その負い目で、母に反抗できないで言うことを聞いてしまう自分がいる。親を大事にしないといけない、親に感謝しないといけない。同時に、同じくらい嫌悪感もある。この、母親に対する嫌悪感は何なのか。

精神的にもどこか自立できなかった。いつからか、うまくいかなかったら母が余計なことをするからだという思いがつのり、自分の失敗を母のせいにするくせがついた。そういう思春期の中学生みたいな気持ちになる自分にも、ときどき言いようもなく恥ずかしくて、イライラした。

3

それでもはた目にはうまくやってきたと思う。それが、最初の結婚から離婚にかけて、母へのわだかまりがじょじょに大きくなっていった。

学生時代から帰省するごとに「ボーイフレンドおらんのか」と言われてき

たのに、元夫と付き合っていることを伝えたらそれとなく「そんな人やめとき」、それが結婚すると伝えれば一転して、「早く早く」と急かす。

自立自立と言っていたわりに、結婚が決まれば花嫁衣装や指輪のことばかり言うようになり、「幸せにしてもらえ」とか「花嫁衣装の白はあなたの色に染まりますっていう意味なんやで」。それで、結婚してしばらくしたら「子どもはまだか」。「弟の子どもがおるやんか」と言えば「お嫁さんの子どもやから」。一向に気配がなければ「してるのか?」。そのくせ、離婚した後、結婚写真を処分していたら、花嫁衣装の写真は取っておこうとする。家出のときに元夫のうちから、母が送りつけてきたものを持ち出してこれなくて、責められたこともあった。

離婚後、しばらく家賃を援助してもらったこともあった。ありがたい一方で、また借りを作ったという負い目も増えた。自立したいのに自立できない。そういうイライラがつのった。

離婚して一年くらい経ったときのことだ。友人の挙式で海外に行く機会があった。そのときに、親戚宛に大量のお土産を頼まれた。帰ってきてそれを実家に送る段になって、もういやになった。これでは友人の結婚を祝いにいったのかお土産を買いにいったのかわからない。母だけじゃない。父にも、だ。帰るたびに掃除ができない母のグチを聞かされるのも、自宅で祖父母の法事をするたびに帰省で呼び出され、手伝って当たり前という顔をされるのも、帰省が増えて喜んでいるのを、離婚したことを喜んでいるふうに見えたのも。父も若かったし同居なんて息が詰まってしょうがなかったんだと、水に流したつもりだった昔のことまでが、思い出された。子どものころ、塾の送り迎えの途中、祖母へのグチをさんざん聞かされたのだった。

お土産の束と一緒に、手紙を入れた。激情のままチラシの裏に殴り書いたようなものだった。手紙の最後に「わたしにはこれまで反抗期がなかったからこれから不良になって反抗する」と書いた。そして、母の電話に一切出なくなった。母親と電話すると母のペースに巻き込まれるからだ。しばらくして母からは助詞が抜けた、誤字や変換ミスの多いメールが届くようになった。

そうして、母とのやりとりはたまに来るメールと荷物だけになった。

それからは、帰省して母に送り迎えを頼むときは、少しだけどお金を払うようになった。少しずつ家賃も返していった。これっぽっちのことで、母に今までの恩を返せるわけがない。そんなことはわかっていた。けど、それが精一杯の抵抗だった。

4

今の夫と再婚した後、夫の仕事の都合でしばらくカナダに住んだ。母が一度だけやってきたことがある。子どものころ、忙しい母と、一緒に風呂に入ったり、寝たりするのが楽しみだった。そういうときには母を独り占めできるような気がした。そのときはいつも、しりとりをしたり、絵本を読んでもらったり、行ってみたい外国の話をした。母はいつかオーロラが見たいと言っていた。わたしはそのことをまだ覚えていて、この機会とばかりに、カナダでオーロラの出現率が高いイエローナイフに連れて行った。それ以外はほとんど連絡をとらなかった。

連絡しなかったのは、まだ母に対して最初の結婚のときのわだかまりがあったからだ。里帰りはいつだ、新居を見たい、子どもはまだか。最初の結婚のとき、母はそうして当たり前という態度で、お節介や口出ししてこようとした。その当時、自分や元夫との間にあったいくつかの問題を隠したいがために連絡を控えていると、「あんたは結婚してから薄情になった」。そういう母の相手に疲れた。また同じことを繰り返されたくなかった。

前の結婚が一年半でダメになった。だから、再婚したときは最初の一年半が勝負だと思っていた。もう母には口出しさせまい。わたしは自分の家庭を築くのだ。表面上は平穏に見える毎日だったけど、その平穏の裏にはそういう緊張感があった。

薄情だったのかもしれない。けど、そうでもしないと、わたしは太平洋を渡ったのに、未だにあの小さい島の山奥に閉じ込められた気分が抜けず、いつまで経っても自分の人生を生きているという実感をもてないままだった。今の夫とうまくいかなくなったときに、もう、母のせいにしてしまうのは、いやだった。

5

三五歳で帰国して、二年間実家に置きっぱなしだった荷物を取りにいった。大学時代に仕送りをしてもらっていた通帳が残っていた。それを見て、なんともいえない気分になった。何年も毎月毎月同じ日に結構な額の金額が並ぶ。その数字を見て、母へのわだかまりは別にして、これは親に感謝するしかないと思った。

わたしはそれを何に使ったんだろう。自分がいっちょまえになった気分で買ったり見たり食べたりしたもの、価値があると思っていたものは、何だったんだろう。そのお金で食べたり見たりしたものをすべて覚えているわけではないし、買ったものは離婚や引っ越しに伴い、今ではほとんど手元に残っていない。そして、ものすごい空しさと、親への申し訳なさに襲われた。結局、自分の未熟さを親に投影していただけじゃないか。子どものころに好きなだけ甘えられなかった分を、祖父母がいなくなった今、反抗期と名を借りて、取り返しているだけじゃないか。三〇歳も過ぎて。

実家にはまだ大学時代にやっていた部活動の名簿が年に一回送られてくる。それが今年も来ていた。開けば、名簿の勤め先の欄には教員、公務員、大学、大手企業の名前が目立つ。わたしはこういう世界に合わせようとしてうまくいかなかった。しかし、ドロップアウトして成功するタイプでもなかった。思い切って東京に飛び込んでみても、ものの一年でうまくいかなくなった。上昇志向の割に、わたしのした背伸びは中途半端だった。いつか父が酔っぱらって「あんだけ学費払ったのに、全然稼がれへんやないか」と言った通りだ。あんなにしてもらったのに。

わたしは自分の身の丈を見つめるのが恥ずかしかった。それくらい弱かった。今まで振り込んでもらった、自分ではとうてい稼げない数字を見て愕《がく》然《ぜん》とした。自分だって（母に似て）厚かましいところがあるし、（父に似て）見栄っ張りではないか。それを棚に上げてなんだ。大学の卒業式の日、来てくれた母に、周りの子は親が大卒とかおばあちゃんもこの大学出身みたいな人が多くて気後れした、とこぼしてしまった。そのときの母の申し訳なさそうな顔を今でも覚えている。知らず知らずのうちに親のことを、日々の雑事に追われる人間のように見ていた自分が情けなくなった。

帰りぎわ、バス停まで送ってもらう途中、父に「わたしはいろいろ自分ができるようになりたくて、無理して自分の身の丈以上のことをしようとしたけど、何にもなってない。空しい」と言うと、父は父で「やらへんかったらやらへんかったで、そればっかり思うし、気楽に楽しく生きるしかしゃないやないか」と言った。もう、欲と憧れで、あてのないものを、いつまでも追いかけるのはやめようと思った。わたしは自分の人生に自分で区切りをつけるのだ。さえなかった学生時代も研究も、失敗した就職も結婚も、稼げなかったフリーランスも。

母はあいかわらず何もなかったかのように接してくる。あいかわらず荷物も送って来ようとする。母とはまだうまく話せない。メールでも最低限の用事しかやりとりできない。

母は変わらない。変わったのはわたしの方だ。

自分の人生を母のせいにしないようにならないと、母とうまくしゃべれるようになる気がしない。そういう日はいつか来るのだろうか。

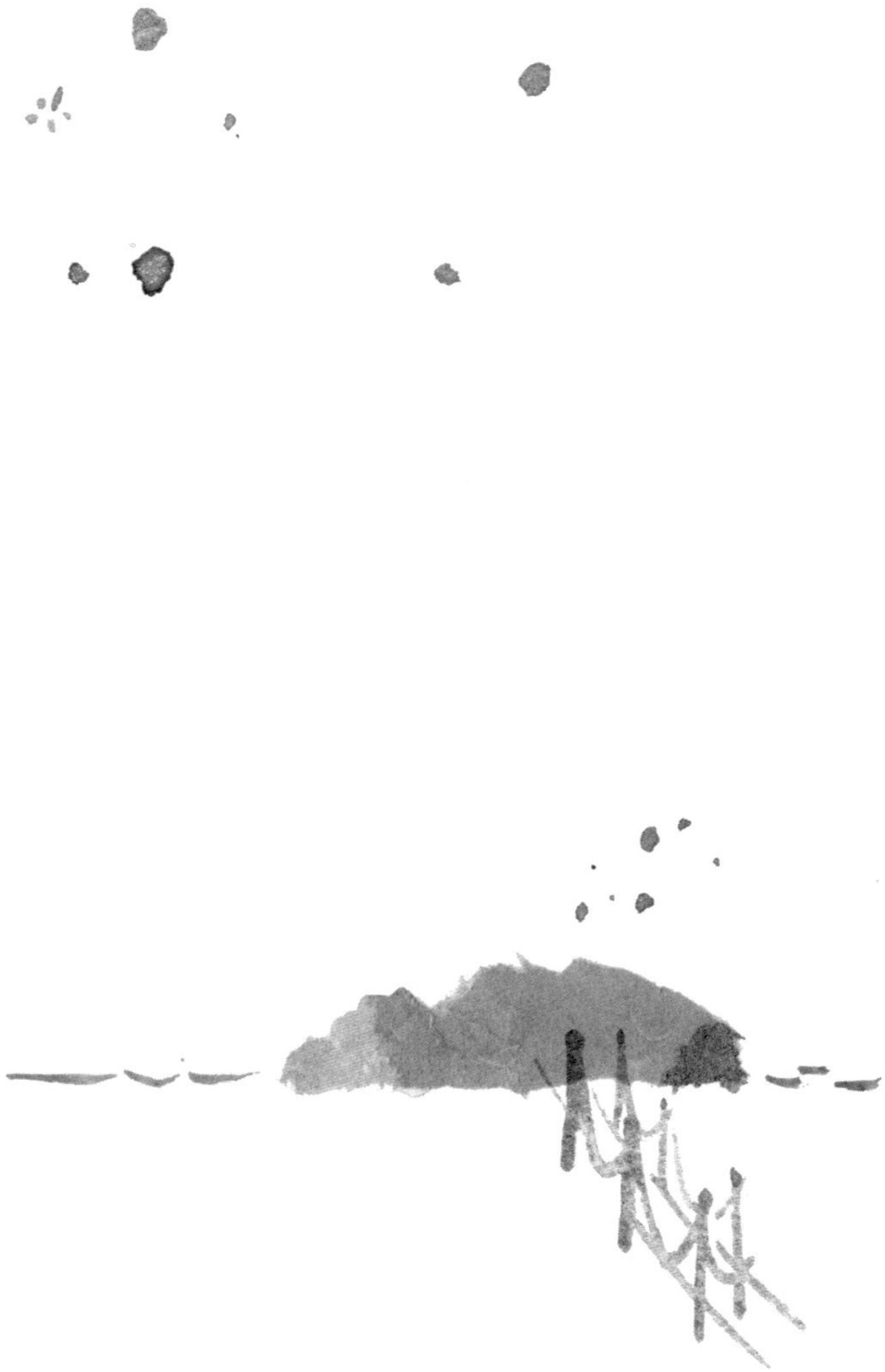

怒りとのつきあい方

1

数年前の出来事に対してずっと怒っていた。当事者とコンタクトが取れなくなったり、意図的に取らなくなったあともまだ怒っていた。ときどきふとした拍子にその怒りはわたしをつつむことがあって、そういうとき、うまく自分をコントロールできなかった。このままではいけないと思って、忘れるとか、無関心とか、許すとかも考えてみた。でもどれも難しかった。不当なことをされたのはわたしで、それに対して謝ってもらっても弁済してもらってもいないのに、どうしてわたしが許して、全部なかったことにしなければならないのだろう。

元夫が憎くてたまらなかった。結婚してすぐに、わたしに何も言わないで仕事を辞めた。そのあと一年半くらいわたしが生活費を払った。その間に借金があることがわかった。その年の確定申告で元夫を扶養家族にした。元夫の仕事が決まって車が必要になり、貯金がない元夫のかわりに中古車購入代金をわたしの結婚前の貯金から立て替えた。

元夫が無職の間に携帯と財布のレシートをチェックしていたこともあった。本当に就職活動をしているのか、浪費していないかを調べるためだ。なかなか仕事が決まらず、一日中インターネットばかりしているようにしか見えない姿に腹が立って「役立たず」「男のくせに」「誰のおかげで生活できているのだ」と、ののしったりひっぱたいたこともあった。やっていたのは明らかにDVだったのに、止めることができなかった。悪いことをしているという感覚がぜんぜんなかった。多分そうやって元夫への憎しみを解消していたのだと思う。そうでもしないと一緒にいることができなかった。

それならもっと早く離婚すればよかった。チャンスは何度もあった。でもわたしは自分が暴力をふるわれて、これはもうダメだと思うまで離れることができなかった。離婚という言葉は、どうしても思い浮かばなかった。暴力をふるわれたあとも、元夫が謝って反省してさえくれれば、また一緒に生活できると思っていた。元夫はわたしが悪いと言うばかりで、話し合いは不可能だった。わたしは自分が悪いと思う気持ちと、元夫に対する憎しみ、そして暴力による不眠や過呼吸といった身体症状の間で板挟みになった。

周りの人に相談すると、夫婦でどちらかが一方的に悪いなんてことはないという常識や、もっとひどいことをされた人もいるという言葉に追いつめられた。感情的になれば、わたしがこんな態度だからそういう目に遭うと言われた。だからわたしは自分の状況を説明するときは、いつも自分の怒りを隠さなければならなかった。支援団体や弁護士に相談したときに、離婚してもいいんじゃないかと言われて、離婚という選択肢を考えてもいいのだとわかった。元夫がほかの人にも暴力をふるっていたという証拠を得てやっと、元夫は変わらないと目が覚めた。

思えば結婚生活にあったのは愛ではなかった。短い二年の生活の中であったのは、好きな人ができて元夫に向き合わなかった罪悪感と、元夫との付き合いにいい顔をしなかった母に「だから言ったのに」と言われたくない意地と、結婚すればまともになるんじゃないかという元夫への期待だった。

2

水に流せとか前を向けと言うのは、バカになれ、考えるなと言っているのと一緒だと思った。自分に何が起こったか知りたかった。そのために必要だったのは知識だった。なので、自分が体験したと思われることに近い事例について書いてある本を読んでみた。でもぴんとこなかったし、そこで一般的とされている事例にあてはまらなかったし、理論的な説明も不十分だったり一面的に思えた。そういう本にはわかりやすい話しか載っていないからだ。

しかし、知識を得たおかげで、語る言葉を得られた。それで、もう一回自分の体験を組み立て直してみた。

その知識をもとに、考え直した。そうして、その体験を他人のことみたいにして、すみずみまで点検してみた。わたしが悪かった点とそうでない点、相手がどういうふうにわたしをコントロールしようとしてきたか、それにわたしがどう対抗しようとして、どう失敗したか。

元夫からも婚家からもわたしが一方的に悪者にされた。舅《しゅうと》は自分の都合のいいように物事を解釈して、自分のしたいようにして、言いたいことしか言わないタイプで、家庭を支えるのは妻だといい、元夫の起こしたことはたいていわたしの責任になった。元夫には常に、「だからお前はダメだ」と言い、姑《しゅうとめ》には「たたいたらDVになるから」といやみやからかいを繰り返して、精神的暴力をふるっていた。被害者に見えた姑は姑で、しょっちゅうわたしのことを「お嫁ちゃん」と言って小ばかにした。

元夫の父親は権威とお金で家族を押さえつけていた。元夫はその被害者だったと思う。それがかわいそうに思え、わたしが愛情をもって元夫の本当に望む家族になるしかないと思って、受け入れられないことをされても許し続けた。今思えば共依存だった。それが行き着いた先が暴力だった。

あたらしい家で、元夫は気に入らないことがあるとわたしに対して無視したり、わたしの身体や実家のこと、言葉遣いといった生まれついたものや治せないものに対して、しつこくからかったりした。わたしの仕事に対しても、わたしの能力を否定したり、「編集ごっこ」「ライターごっこ」と言ったりして、だんだん精神的暴力をふるうようになった。わたしはそれに対抗するため、どんどん反応が過剰になった。虐《しいた》げられた人があたらしく入って来た人を虐げた。家の中で憎しみが連鎖しているように感じた。

元夫や姑は舅の被害者に見えたけど、彼らに同情するとわたしは怒れなくなり、彼らに取り込まれそうになった。離婚したあとでさえ、姑は病気が悪化した原因を離婚のせいかなといいながらしょっちゅう会おうとしてきたし、元夫はわたしへのあてつけで、わたしが代金を立て替えて購入した中古車で、事故を起こして自殺をするというメールをよこした。

自分に非がなかったといえば嘘になる。しかし自分がしていたことを反省すれば相手につけいるすきを与えた。わたしは開き直って、元夫のメールについては、警察に通報して一切取り合わなかった。しばらくして人づてに姑が病気で亡くなったという話を聞いた。葬式には行かなかった。それで全員と縁が切れた。わたしが怒る先はなくなった。

3

こうやって相対化して、一個一個自分の体験を点検した。その体験は自分の中に過去のこととして収まる場を得られたように思った。

わたしはいつでも過去を思い出せるけど、怒りに支配されない。怒りがやってきても、ああ、怒っているなと、自分をはたから観察することができる。それは許すことや忘れることとは別の問題だ。そうする必要もない。ただ単に、相対化できるようになっただけだ。

わたしは限界までがまんしたと思う。そのときにできる限りのことをやったし、最善を尽くした。だからもう自分を責めるのはやめた。そのかわりのようにわたしは怒り出した。

今まで人に軽く見積もられて、都合を考えずに甘えられたり、自尊心の低さを見積もられていいようにコントロールされたり、プライドが高いのを逆手にとられて傷つけられたりしてきた。そういう方法を取る人たちに対して、自分の方が下でダメな人間だと感じさせられてきた。でも、それは相手が姑息な手段を使っているからで、わたし個人の資質のせいじゃない。

コントロールされたのは自分の言いたいことをちゃんと主張できなかったからだし、嫌なことを嫌だと言えなかったからだ。わたしをだしにしようとする人に飲み込まれて人生をだめにされそうになったし、自尊心を低いままに押さえつけられそうになってきた。そのせいで自分を認められずにいつも不安があった。もうそういうふうに生きるのはこりごりだ。人のおもりやサンドバックになるような人生なんか嫌だ。

わたしはこれまで押さえつけてきた自分の心を解放してこれからはもっと自由に生きたい。わがままとか我が強いとか言われてもいい。わたしの人生はわたしのものだ。もう誰にも立ち入らせたくない。

4

次からはコントロールしようとする人が現れたら、コントロールしようとしているなって観察することが大事で、それに飲み込まれないことが大事だ。わたしに不必要に近い距離で近寄ってきた場合に、純粋な好意からか、都合のいいように使いたいだけの人かどうか見極めることが必要だ。

判断するためには、不当に扱われた経験とともに、正当に扱われた経験も必要だ。正当に扱われて初めて比較でき、自分が不当に扱われていたことに気づく。以前は不当に扱われた経験しかなかったから、自分が不当に扱われているということにすら気づけなかった。不当なことをされたり言われたりしたら怒る。そうするのは、気が強いからでも、常識がないからでも、わがままだからでも、世間知らずだからでもない。それは当たり前の権利であるとともに、自分の価値をわかっているからだ。それが自尊心というものだし、そうやってすこしずつ育てていくものだと思う。まだときどき怒りに飲み込まれそうになることがある。嫉妬とか、やっかみにも飲み込まれそうになることがある。だから、そうなりそうなときは、よく観察しようと思う。そうやって自分の怒りを上手に飼いならして、つきあっていきたい。

フェミニズムとわたし

フェミニズムという言葉を聞くと、少したじろぐ。

家事の大半は祖母で、母も共働きでも家事をしていた。祖父や父は台所に立つことはなかった。母の口ぐせは資格を取れということで、手に職をもち、経済力をつけろということだった。でもフェミニストだったわけではなくて、頭の中は前近代で止まっているように思えた。家族は墓と家と田んぼと先祖が大事で、特に母は、結婚と子どもを生むことが幸せになる道だと頭から信じ込んでいて、疑っていないように見えた。「子どもはかわいい」「子育ては楽しい」から娘もやればいい、と無邪気に信じていたと思う。

わたしは田舎の農村で男兄弟とともに育ったため、家事をする男の人の姿などほとんど見たことがなかった。法事や祭りなどの行事に働き手としてかり出されるのは女性たちだった。表に出れば台所にいる女の人たちが陰口を言ったり「出しゃばって」と言うのを知っていた。世間では男女平等と言っているけど、女の人というものは台所で残りものを食べている人生の方が生きやすいのだろうと思った。親の世代や親戚は、まだ、男は家を継いで女は嫁に行く、一人娘だった場合に例外的に婿《むこ》養子を取るという感じで、恋愛結婚した人は少なく、結婚というのは家という組織を継続するための手段のように思っていた。

「女のくせに」「女だてらに」と祖母はよく言った。フェミニストなど周りにはいなかった。テレビや新聞で見聞きする世界との落差にくらくらした。そういう世界は自分とは無縁のものだと思っていた。

フェミニズムへのあこがれと反発

キャリアウーマンのような生き方をするのか、主婦になるのか、表面上は男女関係ない公務員や教員になるのか、自分がどの方向性でやっていくのか決められないまま大学に進学した。

専業主婦の母親やリベラルな家庭を当然のこととして育った同級生を目の当たりにし、わたしはそこで初めてフェミニズムを建前やお題目ではなく、当たり前のこととしてとらえている人がいるのだと、非常にカルチャーショックをうけた。

彼女たちにとってはフェミニズムが当たり前だったが、わたしはどうしてもそのように感じることができなかった。それを、田舎育ちとか教養の差だと思い、学校の雰囲気になじむためにも、彼女たちのような考え方に近づかなければと思った。その一方で、フェミニズムが、自分の育った環境や母や祖母の生き方を否定しているという反発ももった。わたしは、自分の育った環境にいた人たちを、遅れているとか思想が足りないと言いたくなかった。

　また、恵まれているように見えた彼女たちや大学で出会う思想や本に、いらだちも感じた。そのいらだちは、ちょっとしたことを男女差別と言い立てて大げさだとか、いちいち言い立てたって効果がないとか、自分はそういう人とは一緒にされたくないというものだった。

　わたしの通った大学は、どちらかというと将来指導的立場になるような女性を養成するような、女子大学だった。しかしそういった女子大学の教育が往々にして戦前は良妻賢母を育成していたように、戦後に職業婦人育成に鞍《くら》替《が》えしただけで、底にあるのは男性優位の社会で、いかに男並みに出世した女になるかというような雰囲気があった。それに、実際教員は男性ばかりで、フェミニズムの講義は少なかったし、男女雇用機会均等法や優生保護法について教わる機会もなかった。何かと言えば結婚すればいいと言うような男性教員もいた。女性がぜんぜん活躍していないのに、女性に活躍を求める大学の様子に矛盾を感じたし、男性と同じ地位について、逆に女性に抑圧的に働くような女の人もいたので、本当に女性のためになっているのかわからない、と思える部分もあった。そこには、社会の矛盾が凝縮しているように見えた。

しかし、わたしはそのころはまだ学問とか思想が世間や将来の役に立つと思っていた。今は世間の人がその価値をわかっていないだけで、そのうち正しさが証明されるはずだと楽観的に考えていた。

アンチフェミニズムへの共感

最初にアルバイトで入った会社では、結婚した女性は辞めないといけなかったし、女性は契約社員でもいいだろという雰囲気だった。そして、世間と今まで教えられてきたこととのギャップに驚いた。それでも、自分が若いからだとか、修行中だからあまり大げさに言い立てるのはよくないとか、自分の常識がないからそういうふうに思うのだとか、いろいろ理由をつけては、なるべく世間や会社の方に合わせようとしていた。

そのころ世間では、非婚を選択する人が騒がれだす一方で、三砂《みさご》ちづる氏などの「女性は子どもを生むのが自然だから生物としての自然を大事にせよ」というような議論や、内田樹《たつる》氏によるフェミニズム批判などがあった。

わたしは適齢期に入り、結婚が決まった。今まで学んできたことと世間とのギャップに疲れ、フェミニズムに失望していたわたしは、そういった思想や本に触れ、フェミニストは不自然だ、女性が生物としての自然な姿で生きるのは当たり前だというようなものの言い方に、非常に癒しを感じるようになった。そして、フェミニズムというのはわがままな女の自分勝手な屁理屈だ、と感じるようになっていた。

さらに結婚すると、今まで正しいと思ってがんばって合わせてきた社会や世間に対して、大きな違和感をもつようになった。結婚するのは個人なのに、どうして嫁というだけで、ちょっと下に見られるのか、結婚したらしたで実際にだれが家事をするのか、だれが家計を握るのか、少ない収入でやりくりできないことは全部わたしのせいで、外では夫を立てろと言われ続けて、うまく夫を操縦できないのもわたしのせいにされるのはなぜか、そしてそれに不満をもらすと、そんな夫を選んだわたしが責められる……夫婦関係がうまくいかない理由を全部わたしが悪いことにされて、理不尽だと思い始めた。

仕事をしながら家事をし、身体はいつも疲れていた。フェミニストの言う家事労働論なんて全然役に立たないと思っていた。家事を時給換算されて夫以上に働いてると言われたって意味がない、家事は家を保つためにやらないといけないんだからだれかがやらないといけない、仕事との両立でとにかくしんどいんだからそんな屁理屈は毒にも薬にもならない、それだったらお金か労働力がほしい、そんなことばかりを思って、どんどんアンチフェミニズムにかたよっていった。

フェミニズムとの再会

わたしの結婚生活は元夫による暴力により、破綻《はたん》した。母は「男が暴力をふるうのが悪い」「経済力のない男が悪い」とはっきりと言った。わたしはその明快さがうらやましいと思った。しかし、わたしは元夫に殴られる以前に、働かない元夫に対して、「役立たず」とか「だれが稼いでると思ってるんだ」と言ったり、ひっぱたいたりしていたことがあった。DVチェックリストを見ながら、わたしのやったことは全部DVじゃないかと思った。そして、男女平等なら、批判されるべきはわたしだと思った。フェミニズムはわたしを救うよりも追いつめた。そして母のように旧来の価値観で男はこう、女はこうと割り切って、性別役割分業でやっている方がシンプルだし、正しい価値観なんじゃないかと思い、どう考えたらいいのか混乱した。

たった一度の暴力がきっかけで離婚を考えることを責める人もいた。わたしはかつてフェミニストたちをこらえ性のない女だと思っていた。しかし、自分もそう扱われたことでようやく怒ってもいいのだと気づいた。

　離婚する過程で、モラルハラスメント（精神的なＤＶ）という言葉に出会った。そして、そのしくみや加害者の行動原理を知るにしたがって、わたしが元夫にＤＶ的な行動をした原因は、元夫からうけたモラルハラスメントに対する反撃という面があることも理解した。そして、一般的に女性の被害者が多いモラルハラスメントやＤＶが起こるのは、社会の中に女性を下に見る性差別的な意識があるからだということもわかった。さらには、自分の中の差別意識にも気づいた。「女だから」と言われて嫌なのと同じくらい「男だから」という言葉にも破壊力がある。わたしは、元夫の収入が少ないことや仕事が長続きしないことに対して心の中で軽蔑し、相手を責めるときにその言葉をよく吐いた。それが元夫を追いつめたのではないかと思った。元夫もわたしに対してがまんの限界がきたのだろう。暴力を許すわけではないが、行きつ戻りつの思考の過程で、わたしはもう一度フェミニズムと向き合うことになった。

自分なりのフェミニズムを考える

わたしはこれまでフェミニズムというのを、今までとは変わらないお題目を唱える理想主義とか、従来とは違う生き方をしようとする女性たちが自分を免罪するための屁理屈だとか、男性憎悪なのだと思っていた。しかし、離婚する過程で、フェミニズムというのは社会を男性優位な社会とみなし、そこにある男性と女性が平等ではないという状況を、男性と女性という大きな構造で語ることで、女性にとって平等ではない理由を見いだして、是正するための思想だと思うようになった。

そして、さらに突き詰めるうちに、「男性だから」「女性だから」というものの言い方そのものが、あまりいいことではないんじゃないかと思うようになった。なるべく個人の性差と大きな「男」「女」という構造をごっちゃにして語らないようにしようと思った。「男だから」暴力をふるってはいけないのではなくて、そもそも性別に関係なく、人に言うことを聞かせるために、暴力をふるうこと自体が良くない。「男だから稼げ」じゃなくて、協力して生計を立てる必要がある。一方的に依存する関係はよくない。じゃあ専業主婦はどうなの？　というと、日本の保険や会社の制度が、男が働いて女が専業主婦になるのがいいように設計されていて、それをもとに社会が作られていたり、女は働く場所がなかったり、専業主婦にならざるを得なかったという歴史がある。責められるのは個人ではなくて、制度やどちらか一方の性に全部押し付けようとしていたり、押し付けたりする考え方や社会の方だ。

フェミニズムというのは、こういうときに有効で、社会が男の人が働いて当たり前という考えの元に作られていて、それが男性に有利に働いていたことを解き明かしたり、男女の収入の差が個人の怠け心や仕事の能力に起因するわけではないことを解き明かすものだと思う。そしてわたしはこれまで個人の問題と社会の問題をごっちゃにして混乱していたことに気づいて、今まで何も知らなかったことを恥ずかしいと思った。自分だって、今までさんざん人に優越意識をもったり、無意識に傷つけたり、差別していた。

フェミニストになる

今のわたしはフェミニストなのかと言われたら、そうだと思う。わたしなりのフェミニストの定義というのは、性別に関係なしに人を尊重する人のことだ。そして、フェミニストであろうとする姿勢が、性差別とか差別をなくしていくと思う。

社会運動は大事だ。これまで参政権を求めたり、大学進学や職場進出をしてきた女性の力のおかげで、わたしたちの今の環境がある。そのことに対しては感謝と敬意をもっている。かといってわたしは表立って活動しているわけではない。それでもわたしは自分のことをフェミニストだと思っている。

今のところは静かに生活の中で実践していきたい。それは離婚のあと再婚した今の配偶者との平穏な生活を大事にするということであり、これまでの自分の無知と差別意識を反省し、これから人を傷つけないということであり、これまでの嫌な思いをさせたり、させられてきた経験をふまえた上で、個々人の志向や好みに無神経にずけずけ入らないということだ。もちろん、そういう態度はすぐ身につかない。自分がまったく差別や偏見がない人間だとは思わないし、これからも間違うこともあるだろう。

わたしは世間でいうフェミニストとは少しちがったところがある。それでも、現実と思想の両方に足を乗せながら、これからはうまくバランスを取ってフェミニストとして生きていきたいと思う。

わたしには家がない

わたしには帰る家がないと思っていたときがある。

その家は物理的には存在しているけれど、そこにわたしは帰れなくて、わたしが帰りたいのは、その家が楽しかった頃、つまりは思い出の中にだった。

元夫の二度目の暴力があったその日に部屋を探して、元夫の留守中に家を出た。家出してから仮住まいらしくレオパレス21に住んだ。レオパレス21はすごい。行ったその日にすぐ住める。洗濯機もテレビも家具も電子レンジもついている。もちろん冷蔵庫だって。

その家に移った日に久しぶりにのびのびと寝た。もう自分の家の中で身を固くしないでよくてそれだけで素晴らしく思えた。わたしは元夫の態度も夜中に伸びてくる手にもおびやかされずに思う存分眠れた。

少しずつ気に入ったものを買いそろえていた生活雑貨は全部置いてきたので、百円均一に生活用品を買いに行った。七〇〇〇円くらいで一通り揃ったので、びっくりした。そして、今まで積み上げてきた生活のあっけなさを感じた。家なんか容器であって、生活なんか簡単に入れ替え可能だと思った。

ほんとうは家、というか生活なんて、捨てるのだって作るのだって簡単で、でもそれを肯定してしまうと、日常を維持していられなくなる。というか、その家の中に入っている愛だの情だのを信じられなくなる。家も生活もそれで維持されているから、そんなに簡単に壊れたら困る。

みんな家族や夫婦を血でも地縁でもなく、愛でつながっているはずだと思いたがっている。それが永続的なものでないということがわかると家族という共同体の根本が揺らぐ。だから、家や生活が簡単に捨てたり作ったりできないと思いたくて、家や生活を堅固で強固でそんなに簡単に捨てられないものだと思いたがるし、結婚という制度にも頼るのだと思った。

でもそれが、その人をからめとってしまったら、無意味だと思う。そこで行われることが、その人の生き生きとした姿を奪ってしまったり、もう実態はないのに、表面的な生活を維持することの方が大事になってしまったりしたら、そんな家や生活は捨ててしまった方がいいんじゃないか。

大島弓子の『ロストハウス』というまんがに「全世界を部屋にしてそのドアを開け放ったのだ。」という台詞《せりふ》がある。わたしはあの家から逃げたわけじゃなかったと思いたい。そう、あのまんがに出て来る台詞のようにむしろ「全世界を部屋にした」くらいに思いたい。わたしの家はまだどこにあるかわからない。今の家だってまだ仮住まいという気がしてしょうがない。だからといって、あの家に帰りたいとも思わない。あの家のことは今ではもうまったく思い出すことがない。

わたしは家を失ったのだけど、でも、そのおかげでいろんな場所に行けるようになったし、いろんな人と知り合えた。わたしが帰りたい家は、わたしがこれからつくる。

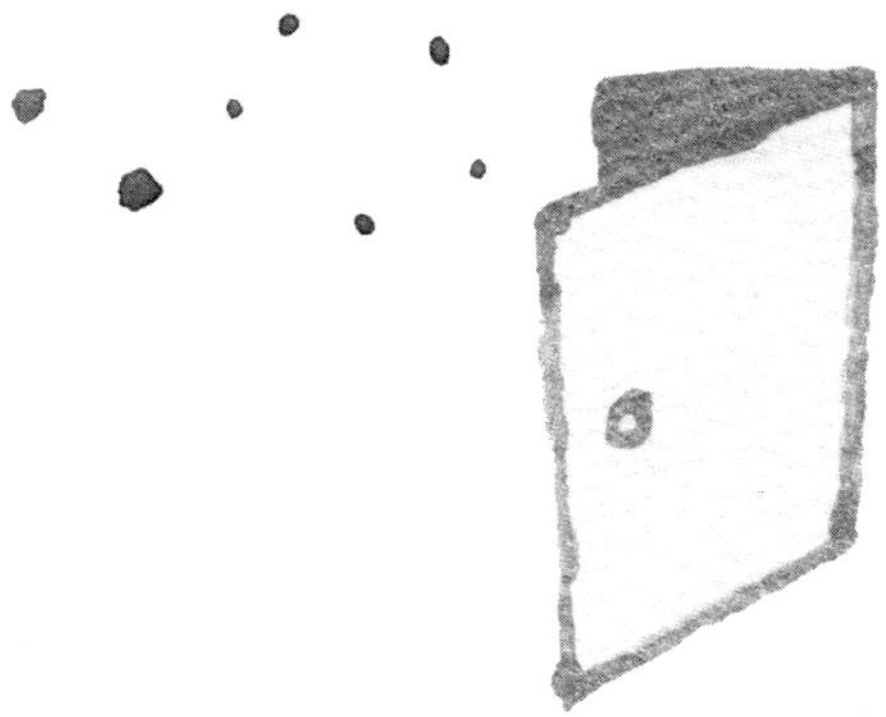

最後

すごく好きだった人がいる。

その人と会うときはいつもこれが「最後」だと思っていた。思うように会えないことに限界がきて、自分からその人に別れを告げた。そのあと、うまく別れることができなくて、ずるずると関係が続いた。わたしは恋人ができると連絡を断ったが、そうでないときは会った。向こうからの連絡はいつも突然で、それが四、五年続いた。

わたしはその人と安定した関係を築くことをだんだんあきらめた。好きだったけどもうそういう会い方に疲れていた。それなのに、無視をするのは難しかった。わたしはその人の身勝手にいらだちながら、そのくせ自分の恋愛や仕事がうまくいかないと、電話をして長々と泣きながらグチをこぼすこともあった。どちらが身勝手かわからない。依存状態だったと思う。

その日もいつものように突然連絡がきた。

会うか会わないか迷って、それが本当に最後だと思って、待ち合わせ場所と時間を指定した。駅前の大型ショッピングビルの、しゃれて値段が高いばかりの店で、おいしくないコーヒーを飲みケーキを食べた。その人はビールを飲んでいた。会うのは一年ぶりだった。しゃべり方もお酒の飲み方も全然変わりがなかった。少し白髪が増えていた。

わたしは会っている間中つとめて無愛想に、そして、かけひきする間をつくらないように、なるべくくだらない話をした。もう、共通の知人とはお互いにほとんど会わなくなっていた。わたしたちの間に共通の話題はなくて、話すことはほとんどなかった。

約束の時間が来たので、帰ると言った。駅まで行くのに、道がわからないというので、迷路のような地下街を、地下鉄の駅まで送った。

うちに帰ってすぐ、その人が好きだった頃につけていた日記を全部読み返して、そのあとひとしきり泣いた。「もうこれ以上会っても意味がない。わたしたちの関係はもう終わっていると思う。」とメールすると「なるほど、老いたということだな」という返事が来た。


「老いた」という言葉を前に、まさにそうだと思った。

最近では、といっても会うのは年に数回だったが、会って間もない頃の気持ちを思い出せることはまれだった。お互いいろいろなことがあったし、あまりにも時間が経ちすぎていた。もうただ純粋に好きという気持ちだけで行動できなくなっていた。

だいたい「会わない」とか「最後にする」とか言い続けて四年も五年も経っている。いつが本当の「最後」だったんだろう。

こんなことがあった。
その人に「もう会いたくない」と言われたのは二度目で、一切連絡をしないでしばらく経った頃だった。その人が近くの町まで来ているというので会いに行ったことがある。その人とその町で会うのは初めてで、互いの地元でないことも幾分か心を軽くしていた。その人は情とか甘えをあまり許してくれないところがあって、いつもわたしの味方でいてくれたけど、個人的なことに踏み込むことは許してくれなかった。それがその日に限って珍しく自分の家族の話を始めた。これでもう最後だという気楽さが、その人の口を軽くしているような気がした。わたしは昔から知っている友だちのような気持ちでそれを聞いた。その人とずっとこういうふうに話をしたかった。

わたしはずっとその人と支え合うような関係になりたかった。でも、その人はそういうことを望んでいなかったのだと思う。結局、その人とは友だちにも恋人にもなれなかった。その人とは、ただ好きという気持ちでしかつながれなかった。そして、それは好きという気持ちが消えたら終わることもわかっていた。その関係の希薄さが不安でわたしは名前のついた関係を求めたが、その人はそうしようとしなかった。わたしはそれに耐えられなかった。

まだかろうじて好きという気持ちが残っていたうちは会えた。でも、もうその気持ちでさえ思い出の中にしか残っていないとしたら。もう終わっていたのに、そのことを認めたくなくて、まだ好きだった頃の気持ちを味わおうと会っていただけだった。そして、いつのまにかそのことがよくわかるくらいに老いていた。そのことにやっと気がついた。

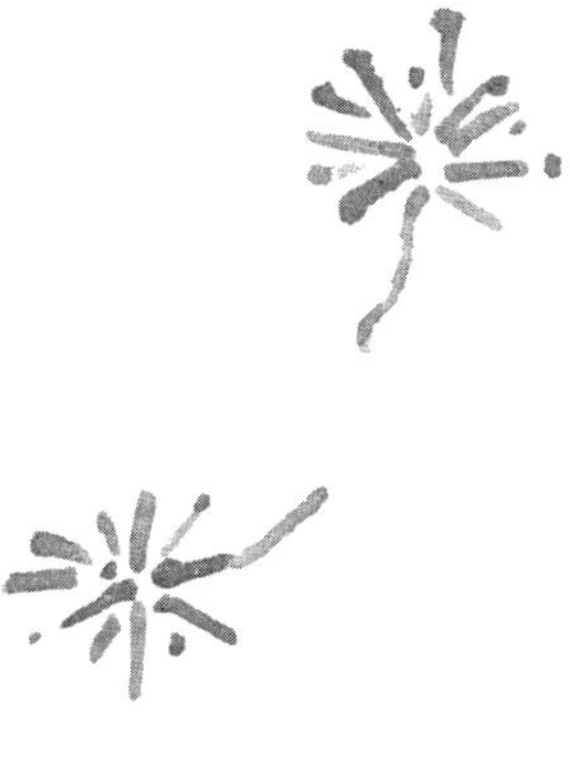

愛と家事

母がわたしに料理を教えたのは、たぶん小学三年生か四年生のときだったと思う。

看護師だった母は、仕事と家事と家業の手伝いに追われていたので、娘もそろそろ料理くらいできるだろうと、まずは一番簡単な料理である、カレーの作り方を教えた。わたしは日曜日の昼間、祖父母は野良仕事に出て、父母が仕事のときなどは、代わりに食事の支度をまかされた。弟は何もしなかった。不公平に思ったが年寄りも働いている家でわたしが何かしないのは気が引けて、頼まれたら作った。

わたしだけ何か作って食べていたら「姉《ねえ》ちゃんなんやから弟にも作ったれ」と祖母に言われた。ヒステリー気味で、戦前の男尊女卑の思想にそまって口うるさいばかりの祖母とは成長するにつれ距離を置くようになった。反論しても「口ばあついて」とまともに取り合ってもらえないことに嫌気がさして、中学生になると返事だけはいはいとしていれば何も言って来ないことに気づき、祖母の言うことを聞き流すことを覚えた。家事も勉強もしないくせに長男という理由だけで優遇されていて、反抗しつつ母親べったりの弟のことも軽蔑していた。やがて弟はインスタントとコンビニの味が好きな年齢になり、家の料理に見向きもしなくなった。

自分の家の食事のスタイルが変わっているということに気づいたのは大学生の頃だった。同級生に晩ご飯を家族バラバラで食べていると言ったら驚かれた。彼女のうちの家族構成は、公務員のお父さん、専業主婦のお母さん、彼女と姉が一人だった。

うちは彼女のうちのように、お母さんがご飯を作り、お父さんが席に着くまで待って、お父さんがいただきますと言ったら家族そろって食べて、お父さんのお給料のおかげでみんなが生活できているんだから、お父さんに感謝しましょうというような家庭ではなかった。

家族で食卓を囲んだ記憶があるのは小学校までと、正月くらいだった。だんだん年寄りは年老いて早く寝るようになり、子どもは育って学校から帰る時間が遅くなった。彼女のうちのように人数が少なくて、会社員と学校という同じリズムで動いているメンバーと違って、家の中に七人もいて、生活時間が合わなかった。それが一緒に毎日同じ時間に同じものを食べるのは難しかった。農山村の暮らしと、会社員と病院の暮らしのリズムは違うから、時間がずれるのはしょうがないことだったと思う。

そういうことを説明して、「母の仕事は不規則だし、老人もいて、みんな生活時間がばらばらだからしょうがないんだよ」と言ったが、なかなか納得してもらえず、信じられないという顔をされた。自分の家が標準ではないと言われているようで、あまりいい気分はしなかった。

その子がうちに来た時、一つのうちの中にいろんな味付けの食事があるのも珍しがられた。
祖母は戦前生まれで砂糖が貴重だった反動からか、かぼちゃも茄子の煮浸しも、ほうれん草のおひたしも、高野豆腐も、卵焼きも、全体的に味付けが甘かった。母は若い頃はやりもの好きで、天ぷらや、ホワイトソースグラタンといった手が込んだ品を作っていたが、中年になるにつけ買ってきた総菜を並べたり、焼きそばだけといった手抜き料理が増えていった。祖母は伝統的な食事を作り、母は買ってきたり、メディアで見聞きしたいろんな食事を作った。いろんな味の食べ物が食卓にあった。お母さんだけが料理を作るうちの子の家の中には一つの「お母さんの味」しかなかったのだろう。

わたしは再婚してからすることがなくて毎日料理を作ってはFacebookにアップするということを繰り返していたら、友人のコメントの中に「食べた物の写真を積極的に載せるようになった、その心の変化（？）がおもしろい」というのがあった。

わたしに心境の変化なんてあったのだろうか。

そうして自分が作った料理の写真をぼんやり眺めてみたら、最初の結婚のときと作っているものが大して変わっていないことに気づいて驚いた。基本は和食で、困ったり手抜きしたいとカレーかパスタ。たまに手の込んだ洋食。

何がいちばん違うかといえば、当然食べる相手が変わったことだ。

前の結婚は料理も含めた家事が苦痛でたまらなかった。

前の結婚で、わたしは愛をもって家事をしないといけなかった。それに疲れた。前の夫はわたしが「家事をするのが疲れた」と言うたびに機嫌が悪くなった。そのたびに「要領が悪い」「だらだらするからだ」「家事は疲れていてもいてなくてもするものだ」と言って、決して自分から手伝おうとはしなかった。わたしは元夫のために喜んでなんでもしないといけなかった。わたしは元夫の精神的に依存できるお母さんだった。わたしはいろんなことがありすぎて元夫に対して失望と憎しみの気持ちしかなくなっていた。愛情なんか全然ないのに、愛情があるふりをして料理をすることに消耗した。

離婚して再婚するまでは、三日くらい一緒のものを食べたり、週に三回くらいインスタントラーメンや焼きそばを食べる生活をしていた。料理から解放されて楽しくて仕方がなかった。炊きたてのごはんしか食べなかった元夫が残した冷たいごはんを、昼間にお茶漬けで食べなくてもいい。毎日自分の気分で好きなものが食べられる。料理したくなかったらしなくてもいい。わたしはその自由さがたまらなくうれしかった。

そういうことがあってから、母の味や妻の味が家庭を作るという言葉に反発を覚えるようになった。微妙に進化はしているとは思うけど、わたしの料理の味は多分変わっていない。そもそも母からは料理の基礎くらいしか教えてもらっていない。わたしは母がもっていたふるい料理書を見ていろんな料理の作り方を覚えた。だからわたしの料理の味は基本的にはそのよく知らない料理家が書いた料理書の味だ。しかもその本は離婚のどさくさでどこかへやってしまった。元夫が捨てていなければ今も元夫の家の台所にあると思う。

わたしの味は同じなのに元夫との生活と今の生活は全然ちがう。わたしの味が家庭を作るんじゃなくて、わたしと結婚相手とふたりで家庭を作るのだ。わたしの料理の味は本質じゃない。「うちの味」「料理に愛情」「母の味」「妻の味が家庭の要」そんな言葉なんかゴミ箱に捨ててしまえ。そういうことは、お母さんや主婦や妻という役割にロマンを見いだしたい人に言わせておけばいい。祖母の小言を聞き流したように、お母さんや主婦や妻を家に縛り付けておくための屁理屈なんか聞き流してやる。わたしは毎日手料理で夫をもてなすのなんてまっぴらだ。家の中にはいろんな味があっていい。一日三〇食品とれなくったって、一汁三菜じゃなくったって、それを家族みんなでそろって食べなくったっていい。食事のことで家の中でだれかが抑圧されるよりも、食べたいものを楽しく食べて、家族との関係がいい方がいい。インスタントラーメンだってできあいの総菜だって堂々と食卓に上らせてやる。

わたしはもっと愛と家事を切り離したい。愛があるから家事をするのでも家事をするから愛があるのでもない。なのに、「愛と家事」の呪縛は強烈で、油断すると愛と家事をはかりにかけている。わたしは今日も台所で、愛と家事の矛盾に格闘している。

夫のいない金曜日

夫が出張で二週間近く家をあけている。家から一人減るだけで、時間をもてあます。

結婚すると変わることがたくさんある。名前、仕事、資産、家、住む地域、数え上げればきりがないけど、いちばん変わるのは生活リズムだ。家事はまとめてするといちばん効率がいいから、必然的にいちばん忙しい人やいちばん重要度が高い人の生活リズムに合わせて生活する。わたしは夫の生活に合わせて寝たり起きたりするようになった。わたしが毎日することは、ごはんを炊くこと、作ること、風呂そうじに洗濯。たまにそうじと買い出し。ときどきは夫も家事をやる。

そうやって少しずつ夫の生活リズムに慣れて、毎日当たり前のようにしていた家事は、夫がいなくなったとたんに減る。一人分のごはんを炊くのはおっくうで、インスタントラーメンやうどんやパスタを食べる。風呂をわかすのがもったいないような気がして、シャワーだけにする。汚れ物の量が減るので、洗濯は一週間に一回か二回になる。いつまで起きていてもいいし、何を食べてもいい。それまで家事に費やしたり、夫と過ごしたりしていた時間があまる。すると、一人ってこんな感じだったかな、と落ち着かない気分になる。結婚して一年しか経ってないのに、もう一人で暮らしていたころのことを忘れている。

夫のいない金曜日に、久しぶりにビールを飲んでビデオを見て夜更かしをしてみる。家の周りは耳が痛くなるくらいしんとしている。ときどき家の外を車が走る音が響く。そうやって、夜中に誰もいないうちで映画を見ていると、その中の登場人物になっているような気分になる。同じように、日常でも自分が「家族」を演じていると思うときがある。妻としてのわたし、家族の中でのわたし。それは一人でいるときのわたしとは少しちがっている。わたしはこうだと自分一人で規定していた輪郭は、夫が思っているわたしの輪郭とはちがう形をしている。わたしの輪郭は波のように変わってゆく。その輪郭は伸びたり縮んだりしながら、夫とふたりで家族というもうひとつの輪郭もつくる。

その輪郭の中にあるのは、愛や血や法律ではなく、生活だ。わたしたちは同じものを食べたり、ともに時間を過ごしたり、一緒に寝たり起きたり、そうじや洗濯、風呂場の使い方でもめたりしながら、だんだん考え方や好みを知って、合わせたり合わせられたりしてひとつの輪郭をつくる。

一人では、映画は長く、ビールを飲み終わるのはあっという間に感じる。久しぶりの一人で、わたしの輪郭はゆらいでいる。一人でいると、夢から覚めたような気分になって、我に返ったような気分になる。でも、一人のわたしも、夫といるときのわたしも、どちらもわたしの一部だ。

火曜日には夫が帰ってくる。またわたしの輪郭は少し変わる。

家族2・0

家族の形を決めるもの

カナダにいると、家族や男女交際についての考え方が日本とぜんぜん違っていて、ここ数年、日本にいたときにわたしが悩んでいたことが全部吹き飛んで、なんだかばからしくなる。

例えば離婚。

わたしは初婚時、婚姻届を出してから二年で離婚した。そんなふうに思わなくてもいいのに、世間の目を気にして、自分が配偶者を選ぶ目がなかったと後悔したり、離婚したことで人生を失敗したと思ったりしていた。けど、カナダでは離婚率は五〇%らしい。しかも、再婚、再々婚するとともにその率は上がるそうだ。

確かに結婚した半数の人が離婚するような社会だったら、本人や周りの人の受け止め方も違うだろう。離婚は当たり前のことで、たまたま相性がよくなかったくらいの受け止め方をするだろうし、離婚したから人間的にダメとみなしたり、相手を見る目がないというふうに、離婚と人間性を必要以上に関連づけたりしないだろう。

どうして日本とカナダでこんなに考え方が違うのだろうか。日本では子どもは親（あるいは家）に属するという考え方が強いし、離婚すると家族がバラバラになるというイメージがある。だから、子どもがいる夫婦は離婚をさける人が多いように思う。

でも、カナダでは両親が週の半分ずつ子どものめんどうをみるといった方法があるそうだ。また、人が「家」に属するのではなく、もともと「個人」という考え方が強い。それに周囲にも離婚している人が多いから、いったん形成した家族をバラバラにするのはよくないという圧力が少なそうに見える。ただ、これが離婚禁止の国に行ったらまたぜんぜん違う考え方になるんだろう。

婚姻制度についてもそうだ。

日本にいたときに、周囲に何人か婚姻制度に否定的な人がいた。わたし自身はそのときは、婚姻制度にそこまで否定的でなかったから、その批判について、正直ピンとこなかった。

でも、最近、法律というのは、婚姻に対する要件をいろいろつけていて、人はそれにもとづいて行動したり、考えたりしていることに気づいた。

例えば、夫婦は性交渉をするものだとか、不貞行為をしてはいけないとか、同居するものだとか。だから性交渉がないとか不貞行為は離婚要因になるし、何ヶ月か別居したら調停で有利になるといったことがある。

そう考えると、結局、それは法律によって、行動を制限されているということではないのか？　とか、日本では結婚に関して当たり前だと思っていることも、国によって規定が違うのでは？　と疑問を感じるようになった。

また、家族の形なんて自分たちで話し合って決めればいいと思うのに、それに対して国が規定しているのは変な感じがするし、それにもとづいて家族の普通を決めるのも変じゃないかとも思い始めた。

カナダだと、事実婚もできて、子どもが婚外子差別を受けることも少ないそうだ。法律婚をする理由は、国際結婚したとか移民してきたとか、家族ごと国をまたぐ場合や、家族間の国籍が違う場合が多いそうだ。

というのも、国によって事実婚の定義が違っていて、ビザを取ったりするときに、事実婚関係にあることを証明しにくいから、それなら法律婚を選ぼうということになるという。ほかにも病気で入院したときに、家族以外は会えないというような問題もあるので、法律婚を選ぶ人もいるそうだ。

それから、性や男女交際の概念もだいぶ違うらしい。

カナダのデートは日本で言うデートとちょっと違っており、付き合っていなくてもセックス込みの場合もあるそうだ。

日本では何回かデートしたあと、告白して、彼氏や彼女になってからセックスするという流れが一般的だ。しかし、カナダではまずデートしてセックスも含めて互いの相性を見極めてから、付き合うという流れになるらしい。だから同時期に何人かデートの相手がいる場合もあるし、デートを何回か重ねても、それがすぐ恋人関係に発展するわけではないそうだ。

ただやはり、行き違いはあるようで、日本みたいに「わたしたち付き合ってるの？」となったり、片方はデートの相手としてしか考えてないのに、片方は恋人だと思っているというギャップが生じることもあるようだ。

わたしは今まで、例えば男性と交際したときに、「恋人ってこういうもんだろ」というような感じで「付き合う」という形から入ってくる人が苦手だった。服や髪型についていろいろ言われたり、行動を制限されたりして、微妙にもやもやすることが多かった。恋人とはそういうものだと言われたら、自分に経験が少ない分、うまく言い返せなくて、「向こうの方が経験や常識があるし、わたしが違うと思っていても、世間ではそうなんだろうなあ」と思考停止になる部分があった。

それから、世間では性に対していろんなファンタジーがある。ちょっと前までは「女の人はたくさん男の人にいろいろしてもらってから許すものだ」とか「お金やプレゼントをもらえるほど女性として愛されている」とか「たくさんの人と経験がある方が人間的に魅力がある」といったことがまことしやかに言われていた。異性としての魅力と人間としての魅力は別なはずなのに、経験がない分判断できず、「みんな言ってるからそうなのかなあ」と、自分の感覚よりも、世間の言うことに流されていた部分があった。

でも、カナダで別の考え方もあるんだと知って、国によってこんなに常識や当たり前が変わるんだと思うと、結構楽になった。

もう一つ、いちばん驚いたのは、オープンリレーションシップという考え方。

カナダの人から聞いたところによると、恋人関係にあっても自分のパートナーが他の人と関係を持つことを相互に了解していたり、複数の人と恋人になったり、性的関係をもったりすることを全員の同意の上で行っている関係だ。それは相手も合意の上でその関係になるので、そこで浮気や不倫や○股と言って、もめたりすることはないらしい。

最近の浮気や不倫で人をたたく風潮には違和感を抱いていた。

逆に昔の日本の「浮気は男の甲斐性だから、女はそれを笑って許すべし」というような考え方にも疑問をもっていた。

それから、人生の中で性的関係や恋愛を重視するような考え方も、恋愛を重視しない人や一対一の関係を重視する人に、「今までの恋愛の常識に縛られている」という批判的なニュアンスを感じたりし、疑問があった。

オープンリレーションシップは、それをしたい人同士、同意の上という関係の持ち方だ。個人の恋愛に対するスタンスを尊重するところと、男女関係の捉え方にすごく幅を持てるところがいいと思った。

愛だけが家族をつなぐ？

今の時代は家族にいろんな機能をくっつけすぎていると思う。それこそ、ゆりかごから墓場まで、一緒に住む／セックスをする／子どもを作る／子どもを育てる／介護をする、と一生一緒の家族で添い遂げるのが理想の形になっている。

でも、本当にそうなんだろうか。祖父は血のつながりのない家に入って、祖母は血のつながりのない子どもを育てた。ちょっと前の日本の家族だって結構ハイブリッドな感じだったのに。恋愛で結びついた男女が、一緒に住んで、一夫一婦の夫婦で実子を成人するまで育てるのが当たり前だなんて、近代の限られた時代にしか成立していないことだろう。

そう考えると、今まで理想だと思っていた西洋の、いつまでも夫婦が男女の関係でいて、キス、ハグ、セックスしないといけないという考え方に、いびつさがあると思うようになった。恋愛で結びついた（はずの）夫婦に性交渉がなくなるのは愛がなくなることと同意だというのは、狭い考え方ではないだろうか。そんな考えがあるから、性交渉がないのは、相手に魅力を感じなくなったからとか、他の異性に心を奪われたからということになるし、愛があるのになんでないのと、相手をなじることが始まる。

文化人類学者の菅原和孝さんが書いた『ブッシュマンとして生きる——原野で考えることばと身体』（中公新書）というアフリカ調査の本には、夫婦お互いに恋人がいて普通の部族がいる、とあった。

最近では、いろんな人がブログや本で、家族を拡張するとか、恋愛以外で形成する家族とか、婚姻関係なしに子どもを産む、ことを言ったり実行したりしている。周りの友達でも、実際にそういうことに挑戦している人もいる。

そして、それはいろんな人にとっていい面があると思う。もともと恋愛感情を持たないという人や、同性を恋愛対象に持つ人だって家族をつくりたいという欲望があるなら、恋愛を経ないで家族をつくるという選択肢がある方がいいからだ。

最近いつも思うことは、家族の形にも恋人の形にも正解はないということだ。家族の圧が強すぎて、人はそもそも個人だということを忘れそうになる。そして、すぐに〇〇家の〜、女の〜、妻の〜、子なしの〜、アラサーの〜といろんな集団に飲み込まれそうになり、その集団の考えを簡単に受け入れそうになる。

結局、わたしは今まで、時代と場所に限定された狭い世界の中で、自分で理想の鋳型を探しては、それに自分をあてはめて、自分で家族の形をせばめていたにすぎない。だから、いろんな国の、いろんな時代の、いろんな人の家族の形を知ることは、これからの家族の形を作る上でヒントになる。

あたらしい家族の形

家族というものは理不尽さをはらんでいる。産まれる場所も親も選べない。子どもは親を頼らないと成長できない。気が合わなくても嫌いでも一緒にいないと生活できない。結婚も同じで、他人同士が夫婦となったとたんに好む好まざるにかかわらず、同じものとみなされる。家族というだけでセットとみなされ、好き嫌い問わずに運命共同体としてふるまうように、うちの中からも外からも求められる。

カナダにいたとき読んだ、シベリアに抑留された詩人の石原吉郎《よしろう》が書いた『望郷と海』（ちくま学芸文庫）にこんな話があった。シベリアの収容所では、食事の分配や寝る時に一人二組でないと生き延びられない状況が多々あった。そういう状況でもお互い、信頼よりもむしろ不信と憎しみの方が大きかった。その体験から、石原吉郎は「深い孤独の認識のみが実は深い連帯をもたらす」と考えるようになったそうだ。それを読んだとき、頭を殴られたような衝撃を受けた。

　これはまさに家族のことではないか。

　憎しみや不信があろうが、なかなか離れられないのは家族そのものではないか。わたしは今まで愛と信頼のある家族でなければならないとどこかで思っていた。そうでない家族は規格外だと思っていた。けど、規格外の家族だからといって、やめることが簡単にできるだろうか。好きでも嫌いでも、やめるにやめられないのが家族ではないか。そもそも、愛の多寡で家族の価値を決めるなんておこがましい。だから、人は孤独からも連帯できると知ったとき、何か希望のようなものを感じた。

　わたしは、わたしたちは、これからも、あきらめと希望の矛盾を抱えながらも絶望せずに、家族をやるのだ。

　あたらしい家族の形を自分たちで作るのだ。

わたし（たち）が作るのは、家族2・0
どういう形になるのかはよくわからない

共同経営者、生活協同体のような集団で
お互いメリットがあって、相手を尊重して生活する
愛は義務じゃない

子どもは、生まれたらラッキーで
生まれるのは絶対じゃない
血のつながりも絶対じゃない
そして、互いの了承があれば解散もある（かもしれない）
そんな集まりは可能だろうか

どんな形になるのかわからない
でも、鋳型だけを見て、相手にいろんなことを

勝手に期待したり諦めたり
絶望したりしないようにしたい
家族の概念は自分で更新する
そしていろんなことを試してみる
伝統、宗教、国、年長者？
今までそれでやってきたなら、正しい部分もあるかもしれない
けど、これからを生きるわたしたちが決めることだってある
これからの家族の形を作るのは
今とこれからを生きる
わたしと、わたしたちだ

念を送る

この七年ほど、自分の思いのよらない方向に人生が動き、人生の舵《かじ》を自分で取っているという感覚が薄れかけていた。ようやく自分が船頭となり舵を取れるようになったものの、わたしは漕ぎ手としておぼつかなく、あてもなく蛇行して針路がなかなか定まらない。

その中で、素晴らしい出会いも、人に評価を受けることもあったのに、わたしはそれで満足したと思えることがなかった。もっと高いゴールを設定しているから過渡期で喜べない、というわけでもなく、ただ単に不満だった。

水木しげるが戦争から帰って来たあと、この世でいちばん大変なのは初年兵で、しばらく他人に同情できなかったというエピソードを読んだことがある。恥ずかしながら正直に言うと、わたしも同じように自分がいちばんかわいそうだと思っていた。

原動力はいつか見返してやるという気持ちだった。しかし、見返したい人とはもうほとんど縁がなくなっていた。評価基準は自分ではなく他人だったから、いくら成果を挙げても満足することがなかった。


ようやく新しい人生に漕ぎ出たものの、そのくらしは平穏で凪《なぎ》のように思えた。しかしわたしの心の中にはまだ嵐があった。人は「いつまでも昔のことを」というから口に出さないだけで、わたしはいまだに自分の最初にした結婚と離婚、好きな人との別れを人生の中でどう位置づけていいのかわからなかった。自分が離婚したことを人生の汚点のように感じていた。そしてその原因を作ったものを、自分も含めて憎み続けていた。そのことに疲れていたけど、どうやったらそういう気持ちがなくなるのかが分からなかった。

そしてわたしは幸せを見失った。あまりにも長い間憎しみやいらだちに心を支配されていたせいで、幸せが何かわからなくなっていた。

長い間、家族だった人たちに抱えていた不満がまだおりのように残っていて、いくら時間が経っても自然に過去から解放されるということがなかった。どうしても別居先のレオパレスで一人泣いていた自分の姿を忘れることができなかった。自分が幸せだと思うとその姿が目に浮かび、いたたまれない気持ちになった。その姿が思い浮かぶたびに、絶対に届くと信じて「絶対に大丈夫」と過去の自分に向かって念を送り続けた。

わたしはもう自分の人生をだれかのせいにして文句ばかり言うことをやめたい。過去をもう済んだこととして、どこかに収めたい。わたしは離婚したあと意地になって、自分が幸せになることで、わたしを傷つけた人たちを見返そうと思っていた。でもそうすると、いつまでも過去が追ってきていつまでも腹が立って仕方なかった。だから、自分の人生の中での失敗や別れをちゃんと受け止めたい。許すとか、水に流すとか、なかったことにする、ということではなくて、ちゃんと自分に何があったのかを理解して、そこでついた傷や、恨みや憎しみを手放して、今の家族と幸せになりたい。

この数年間、過去の自分の念がわたしを支えてくれたのではないだろうかと思うことが何度もあった。そして今、わたしは自分の未来が明るいものだと楽観的にも信じている。それはもしかしたら未来の自分が今のわたしに「大丈夫」だと念を送っているからなのかもしれない。それは言い換えると、過去の自分や未来の自分を信じるということだ。自分を信じてさえいれば、おおきな失敗をしても、何度でも生き直すことができる。

離婚したときに、もう一度新しい人生が始まるのだと信じて生まれ直した気分で生きてきた。その中で自分の人生を掴《つか》み直したという瞬間が何度もあった。もしかしたら、将来またわたしの人生に困難が降りかかることがあるかもしれない。そういうときには大丈夫だと、未来のわたしに向かって念を送る。そういうふうに自分を信じて、今と未来だけを見て生きていきたい。

あとがき

離婚してから三年くらい経ったときのことだと思う。元夫と結婚していた頃によく行っていた喫茶店で、元夫を見かけたことがある。その日は、店に入ったとたんに店の奥さんに「待ち合わせでもしてたの？」と聞かれた。なんでそんなことを聞くんだろうと不思議に思った。わたしはそこに行くと、たいていはカウンターに座って店の人と話すのだが、その日に限って先客がいた。その店でカウンターに座る人は必ずと言っていいほど店主とおしゃべりしたくて座るのに、その人は一言もしゃべらなかったので、また変だなと思いながら別の席に座った。その人が会計を済ませて出て行った後に、あっと思った。

そういえば、見覚えのある服を着ていた。元夫だったのだ。最初の奥さんの言葉もそれで筋が通る。わたしはその人が元夫であることにまったく気がつかなかった。それほどまでに容貌が変わっていた。しかし、わたしがその理由を知ることは一生ないだろう。元夫はもう他人に戻ったからだ。

結納、顔合わせ、結婚式、他人が家族になるにはいろいろな儀式がある。周りの人もふたりを家族として扱うようになり、自分がその人と家族になるという心の準備ができる。けれど、別れにはそれがない。形式上は家族でも、互いの心は離れ、孤独の中で別れに向き合う。

紙一枚で家族になったり、他人になったり。紙の上では簡単でも、そこにある愛情や憎しみを、簡単に拭《ぬぐ》いきれるものではない。

わたしは、離婚により元夫との愛に失敗したと思っていた。好きだった人と添い遂げられなかったことも、ずっとしこりになっていた。今の夫との生活が幸せかどうかは別にして、過去に愛に挫折したということが自分を苦しめていたのだと思う。

しかし、最近ふと考え方が変わった。同じ人と同じ熱量で思い合って、一生一緒にいることだけが、愛をまっとうすることではないだろう。愛にもいろいろ形がある。憎み、許さないと思うことも、慈しみ合い、いたわり合って生活することも、すでにいない人の記憶を心の中にとどめてそれで胸がいっぱいになるのも、一時の熱情だけで結びつくのも、愛のひとつの形だろう。そのことに気づいたとき、これまでの記憶が苦しく辛《つら》いものから、自分を励ましてくれるものへと変質したのを感じた。

『愛と家事』は写真家の植本一子《いちこ》さんの『かなわない』(自主制作版)に触発されて書いた。

離婚のごたごたで大変だった頃、当時まだあったガケ書房で植本一子さんの最初の本である『働けECD』(ミュージック・マガジン)を、「見つけた!」という気持ちで買って、夢中で読んだ。勝手に植本さんの暮らしを、自分ができなかった家族の続きのように見ていた。二冊目の『かなわない』(タバブックス)で、理想を投影していた一家の亀裂を知り、どんな家族にもいいことばかりあるわけじゃないという当たり前のことに気づいた。そして、わたしもいつまでも失った物ばかり見ていてはいけないと気づきはじめた。

世の中には無数の「愛」と「家事」がある。そして、そのどれもが、誰にも侵されない「愛」であり「家事」である。その一つ一つがどれも尊い。わたしの「愛」と「家事」はその中の一つに過ぎない。これを読んでくださった人が、自分の人生を舞台に、自分の『愛と家事』を綴ってくだされば、本望である。

最後に、推薦文をいただいた植本一子さん、書籍化にあたり、大変お世話になった、創元社の山口泰生さん、自主制作版でも書籍版でもすばらしいイラストを描いていただいたfuuyanmさん、ありがとうございました。

ここに、お礼申し上げます。

二〇一七年十一月二十二日

初出一覧

失敗　（自主制作版『愛と家事』収録）

わたしの故郷　（未発表）

遠くに行きたい　（ブログ「夜学舎」初出）

母のようには生きられない　（自主制作版『愛と家事』収録）

出せない手紙（自主制作版『愛と家事』収録）

遅れて来た反抗期　（未発表）

怒りとのつきあい方　（自主制作版『愛と家事』収録）

フェミニズムとわたし　（自主制作版『愛と家事』収録）
わたしには家がない　（自主制作版『愛と家事』収録）
最後　（自主制作版『愛と家事』収録）
愛と家事　（自主制作版『愛と家事』収録）
夫のいない金曜日　（自主制作版『愛と家事』収録）
家族2・0　（ブログ「こけし日記」初出）
念を送る　（自主制作版『愛と家事』収録）

太田明日香（おおた・あすか）

1982年兵庫県淡路島生まれ。フリーランス編集者、ライター。奈良女子大学大学院人間文化研究科博士前期課程修了。いくつかの出版社に勤めたのち、フリーの編集者・ライターとして主に関西で仕事をする。著書に『福祉施設発！ こんなにかわいい雑貨本』（伊藤幸子と共著、西日本出版社）がある。2015年から2年間、夫の仕事の都合でカナダのバンクーバーに引っ越し。滞在中に、最初の結婚、失恋、母親との葛藤を綴った『愛と家事』を夜学舎よりZINEとして発行。帰国後、日本語教師資格を取得、日本語学校の教壇にも立っている。現在、『仕事文脈』（タバブックス）で「35歳からのハローワーク」を連載中。

愛《あい》と家事《かじ》

二〇一八年一月二〇日　第1版第1刷　発行

著　者　太田明日香

発行者　矢部敬一

発行所　株式会社創元社
http://www.sogensha.co.jp/
本社　〒五四一-〇〇四七　大阪市中央区淡路町四-三-六
電話〇六-六二三一-九〇一〇(代)
FAX〇六-六二三三-三一一一
東京支社　〒一六二-〇八二五　東京都新宿区神楽坂四-三
煉瓦塔ビル
電話　〇三-三二六九-一〇五一

印刷　図書印刷株式会社

ISBN978-4-422-93077-0　C0095